いいんだよ

水谷 修

日本評論社

いいんだよ

カバー・本文写真　田中亜紀
ブックデザイン　鈴木成一デザイン室

Monday　出会い

Monday

いいもんだよ、出会いって。

今日はどんな出会いがあるのかな？

今日はどんな出会いがあったかな？

出会い、大切です。
私にとっては、それが生きている証《あかし》
私にとっては、それが生きる目的。
そして、生きていく。

私は、この一六年夜の世界で出会いを求めてきました。
メールでは、一七万人近い子どもたちと出会い
電話では、数えきれず
夜回りでは、一万人を越える子どもたちと。

哀《かな》しいことに、九三人の尊《とうと》い命を失いました。
そのたびに、苦しみ、逃げようかとも思いました。
でも、逃げなかった。

この一六年間でかかわった多くの子どもたちが
今、私の代わりに夜の町を回り
目を輝《かがや》かせながら、人のために動き
澄《す》んだ目で明日を見つけています。

哀しい出会い。
でも、その数千倍の幸せな瞬間《しゅんかん》がありました。
それが、今の私を支えています。

出会い
求め続けてよかった。
今日からも、求め続けます
命の続く限り。

水谷は、君を捜《さが》しています。
捜し続けます
必ず、捜し出します。

水谷は、君を捜しています。
捜し続けます
必ず、捜し出します。

もう四年の月日が過ぎました。
必ず、君を見つけ出します。

私は、子どもたちのどんな悩みにも向かっていく
逃げることはできない。

でも、私に子どもたちを救《すく》うこともできない
救いは、子どもたち自身の中にある。
ちょっと気づいてくれれば
救いはもうそこにある。

これは、出会いも一緒。
求めれば得られるし
求めなければ永遠に得られない。

人は、一度の出会いで傷つくと
求めることをおそれてしまう。
そして、もっとも大切な出会いを失ってしまう。
傷ついても、傷つけられても
求め続けていかなくてはならないもの
それが出会い。
救いはいつも出会いから始まる。

救いは求めるもの
裏切られても、裏切られても求め続けるもの
救いは必ず来る。

出会いは求めるもの
裏切られても、裏切られても求め続けるもの

14

出会いは必ず来る。

救いと出会いを求め続けること
それが生きるということ。
救いも出会いも、もうそこにある。

三歳で山形の田舎《いなか》に預けられたころ
貧《まず》しい暮らし、ただ貧しさだけでなく
「父母のいないよそ者」という烙印《らくいん》まで押された。

いつも、求めていた
自分を認めてくれる人との出会いを。

幼《おさな》い中で、まわりの人の顔色をうかがい
少しでも好かれよう
少しでもいい子に思われようと
背伸びに背伸びをしていた。

でも、いつも一人。
いい子になればなるほど孤独に。

世の中は奇妙なもので
無理は自分に鎧《よろい》をまとわせる。
無理を重ねれば重ねるほど
人は避《さ》けていった。

大学時代の夏休みに
長野県八ヶ岳《やつがたけ》にある山小屋に
ピクニック気分で遊びにいったことが
私と山との出会いをつくりました。
まさに「であい」でした。

山は歩いてきてはくれません。
私が「で」、そして「あう」ことが必要です。
私は、休みのたびに
日本各地の山をむさぼるように登り続けました。

山は最高でした。
ただ、登り続ければいい
また、登り続けるしかない。
何も考えることがなく
だから、悩むこともありません。
ただ、前に足を出して
地面をきちんと踏《ふ》みしめて歩くだけでいいのです。

八ヶ岳のほとんどの山小屋の人たちと友人になりました。
山がつくってくれた多くの出会いでした。
自然の中で生まれる
とても美しいものでした。

毎日のように夜の町を歩き
帰らない子どもがいれば、朝まで話し込んでいました。
私がそばについていれば安全だからです。

いくつの夜を町で過ごしたでしょう。
何人の子どもたちと、夜の町で出会ったことでしょう。

当時からよく聞かれました
なぜ、そんなことをするのかと。
私にはわかっていました
それは、寂《さび》しかったから……。

大好きな子どもたちと
出会うことを求めていたからです。
私は、大人にはなりきれない大人でした。

私にとって
子どもの過去と今は
どうでもいいのです。

ともに生きることで
自分自身で納得できる
幸せな明日をつくってくれれば。

また
子どもたちが生きていてさえくれれば、いいのです。
生きていく中で、必ず子どもたちは
多くの出会いを通して
自《みずか》ら学んでいきます。

「であい」は
私にとって「出会い」であったし、「出愛」でした。

一歩自分の殻《から》をやぶって
自分自身を外に出すことで得られる、人との出会い。
またそこでふれることのできる愛。

まさにそれが、私の「であい」でした。
私は、今まで数限りない「であい」を生きてきました。
「であい」、それは哀しいものです。

「出会い」には必ず「別れ」がついてきます。
死による別れ、けんかによる別れ
さまざまな別れがあります。
「別れ」のない「出会い」はありません。

でも、「であい」はすばらしいものです。
「出愛」は必ず、実り多い学びを残してくれます。
生きていることとの、生かされていることとの喜びを知るのも
愛することとの、愛されることとの喜びを知るのも
この「出愛」を通してです。

私は、私の最後の「であい」に向けて
ただ、まじめに生きています。
もうすぐ来るであろう私の最後の「出会い」
死に向けて。

Tuesday　優しさ

Tuesday
優《やさ》しさくばろうね。

今日はだれかに優しさくばれるかい？
今日はだれかに優しさくばれたかい？

優しさや愛は空気のようなもの
生きていくのに、なくてはならないもの。
でも、普通はその存在が見えないもの。

空気を感じるには手を動かせばいい
優しさや愛を感じるには動けばいいんです。

まずは、自分自身が愛と優しさをくばって。

苦しみは見せるもの
悩みは叫《さけ》ぶもの。

隠《かく》してかかえ込めば
さらに苦しみ、さらに悩むことに。

弱い自分見せよう
一人でも多くの人に。

優しい目で受け止めてくれた人
その人は一生の友だち。

Tuesday
優しさ

29

あらゆる哀《かな》しみは
あらゆる苦しみは
あらゆる心の叫びは
外に出すもの。

さらに傷つくことをおそれ
心に抱きしめれば
心は耐《た》えられずにパンクする。

たしかに、さらに傷つける心ない人もたくさんいる。
でも、それを受け入れ
ともに悩み、ともに生きてくれる人も必ずいる。

救いは求めれば、必ずやって来る。
少なくても、水谷はそこにいる。

子どもたちは花の種だと考えています。
どんな花の種も
植えた人間がきちんと育てれば
時期がくれば、必ず美しい花を咲かせます。

これは、子どもたちも同じです。
親が、教員が、地域の大人たちが
マスコミまで含めた社会全部が
子どもたちを慈《いつく》しみ、愛し
ていねいに育てれば
時期がくれば、必ず花を咲かせます。

もし、花を咲かせることなく
しぼんだり、枯《か》れたりする子どもたちがいたなら
それは大人によって、そうされてしまった被害者《ひがいしゃ》です。

子どもたちはかなわぬ夢を嘘《うそ》に託《たく》す。
「ああしたい、こうしたい」が
「ああだよ、こうだよ」に。

ほらを吹きませんか
大きな、大きなほらを。
ほらには夢がある
「ああしたい、こうしたい」という夢がある。
大きなほらを吹いて
そのほらに向かって生きていきませんか。
私は子どもたちのほら吹きが大好きです。
ほら吹きを、「夢吹き」と呼んでいます。

愛とは、奇妙なもので
求めれば求めるほど離れていき
つかればつかるほど汚《よご》れていく。
私は、自然な愛を知らなかった
知ることができなかった。

いったい私は、この一六年何をしてきたのだろう。
数えきれないほど「いいんだよ」と子どもたちを受け止め
数えきれないほどの夜、子どもたちを求めて町を歩き
数えきれないほどの相談のメールや電話に答え
数えきれないほどの子どもたちや親たちと会ってきた。

振り返れば数だけは多い喜びと
底なしに深い哀しみがある。

私に救いを求めた子どもたち
でもじつは、私はだれ一人として救ってなどいない。

救われた子どもたちは、ただ気づいただけだ
救いは、じつは自分の中にすでにあったことに。

でも、子どもたちの笑顔、明るいメール、電話
たくさんの喜びをもらった。

失った子どもたち
私に救いを求め、失望し、去っていった子どもたち。
私は彼らにさらなる哀しみをつくってしまった。

失った子どもたち
私に救いを求め、死んでいった子どもたち。

もう二度と私のもとに戻ってきてはくれない。

「愛してる」の一〇回のメールより
「愛してる」の限りないことばの羅列《られつ》より
そばにいてほしい。

これが愛です。

私は父というものの存在を知らない、面影《おもかげ》もない。
三つのとき、母からも離れ
東北の寒村《かんそん》で、祖父母と暮らし始めた。
祖父母の家は古く
冬には雪が屋根のすきまから吹き込んできた。
吹雪《ふぶき》の朝は、その雪かきから一日が始まった。

父親がいない、母親とさえ一緒にいられない寂《さび》しさが
人への優しさを教えてくれた。
あらゆる苦しみは、考え方一つで力にもなる
愛にもなる。

人の美しさって何でしょう。
顔や体、外見でしょうか
化粧や派手《はで》な洋服でつくるものでしょうか。

これは、うつろいいつか滅《ほろ》びるもの。

人のほんとうの美しさは
その人のおこないや心です。
じっくり時間をかけてその人を染《そ》めていく。

これは、いつか花咲くもの。

つらいとき、哀しいとき
人のために何かしてみよう。
まわりに優しさくばってみよう。

人のために生きることは
明日の自分をつくってくれる。
きっと返ってくる笑顔が
つらい、哀しい心を癒《いや》してくれます。

水谷はそうしています。

Wednesday　勇気

Wednesday

勇気を持つのはむずかしい、困ったね。
でも、今日はちょっとだけ勇気を持てたらいいね。

今日はちょっとだけ勇気を持てたかい？

逃げる勇気持とう。

つらいとき、哀《かな》しいとき
すべてを捨てて逃げること。

これも勇気です。

叫《さけ》ぶ勇気持とう。

つらいとき、哀しいとき
いっぱいつらさや哀しみを叫ぼう。

これも勇気です。

学校
行かなくていいんだよ。
行くことも一つの決断、そして勇気。
でも
行かないことも一つの決断、そして勇気。
胸を張って、自分で決めていいんだよ。

人を知りたかったら
人と心を通じ合わせたかったら
まず自分を見せること。

哀しい自分、みにくい自分
すべてを見せること。

それでも離れない人こそ
心の通じ合う人です。

つらいとき、苦しいとき
少しイメージチェンジしてみませんか。

明るいパステルカラーの服や
派手《はで》な色のシャツでもいい。

そして、顔を上げて町を歩いてみませんか。
そして、太陽の下自然の中を、顔を上げて歩いてみませんか。

きっと元気もらえます。
必ず元気もらえます。

心の病《やまい》、きついです。

血を流せば、医者に連れていってくれる。
痙攣《けいれん》して苦しめば、医者に連れていってくれる。

でも、「つらい、哀しい」といくらいっても
「甘えるな、がんばれ」
だれも病とは思ってくれない。

でも訴《うった》えよう、もっともっと訴えよう。

心のつらさ、外に出そう
走ることもいい、叫ぶことも。
心にかかえ込むことはやめよう。
ことばや考えることには、嘘《うそ》があります。

でも今動くこと、それは真実。

ともかく動こう。

小学校を転校する日
故郷の駅には
多くの同級生が自分の宝物を持ってきてくれました。

私は、そのとき初めて
じつは、多くの出会いを自《みずか》ら捨てていたことに気づきました。
心を開いていれば……
遅《おそ》かったです。
窓を大きく開け、列車の音に負けないように声を張り上げて
「ごめんね、みんな」と叫んでいました。
別れることで初めて見えた

そしてその瞬間《しゅんかん》に失ったものでした。

転校先の小学校では
友だちがほしくてつく嘘が
ますます私を一人にしていきました。
ここでも、私はまた大切なものを自ら捨てていきました。
自分を少しでも大きく見せたくて
少しでもみんなから好かれたくて見栄《みえ》を張り、失敗。
やっぱり一人でした。

裸《はだか》の自分を素直に出せば
必ずだれでも手に入れられるものと
同級生たちとの別れで学んだはずなのに
それを思い出す余裕《よゆう》もありませんでした。
自分から出会いを捨てていた日々でした。

体の疲れ、いいもんです。
体がぎしぎし悲鳴をあげる
でも、眠ることで、休むことですぐ癒《いや》される。

心の疲れ、つらいです。
心がぱんぱんにふくらむ
眠れないことで、さらに心が病《や》んでいく。

体疲れさせよう。

私は、どんな子どものどんな悩みにも向かっていく
逃げることはできない。

でも、私に子どもたちを救《すく》うことはできない
救いは、子どもたち自身の中にある。

ちょっと気づいてくれれば
救いはもうそこにある。

私は、すでに多くの子どもたちを失ってきた。

そのたびに
その一つ一つの死を突きつけられるたびに
泣いた。
飲んだ。
叫んだ。

でも、
次の日には、もう、一つの命も失うまいと立ち上がった。

でも、失った。
でも、立ち上がった。
これからも、失うだろう。
でも、立ち上がる。
私を待っている子どもたちがいる限り。

人は、人生のどんなときでも
明日を求める最初の一歩は自分自身で
踏《ふ》み出さなくてはならない。
自分で決定し、その結果に自分で責任をとって。

私は、すべてのかかわった子どもたちにそれを求めてきた。
そのときどきを助けることはたやすい
しかし、永久に助け続けることはできないから……。
人は自分のしたことについては
必ず責任をとらなくてはならないんだよ。

いやだよ。
復讐《ふくしゅう》はしない
私は人が死ぬ手伝いはしない。

君の明日をつくる手伝いならするよ。
君が生きてくれるなら
生きていてくれるなら
一緒に戦うよ。
彼らに自分たちのやったことの責任をとらせるよ。

明日はつくれるんだよ。
もう君は私の生徒、私の子ども
君のことは必ず守ります。
君のそばに必ずいます。
一緒に戦おう。

Thursday　幸せ

Thursday

幸せ、待とうね。

今日は幸せだったかな？
今日は幸せ感じられたかい？

幸せは伝染《でんせん》します。
自分が幸せになれば
まわりのみんなが幸せになります。
まず、君が幸せになろう。

幸せとは何だろう。

ここにも、あそこにも
今も、昨日も、明日も
どこにでもあるもの。
想《おも》えばいつでも手に入るもの。
人によって、ときによっても違うもの。

でも
人に押しつけてはいけないもの。

心を病《や》むと、苦しむと
人は、自分と他人をくらべます。
そして、もっと不幸な他人と自分をくらべ
そこに救《すく》いを求めます。

そんなときこそ、鏡《かがみ》を見てごらん
他人は他人、自分は自分。

そこに映《うつ》っているのは
宇宙にたった一人しかいない君。

今不幸せを感じている人は
悩んでいる人に何も語《かた》らないこと。

お願いです。

幸せな人しか、人を幸せにはできません。

悩みの語り合いは
不幸せの連鎖《れんさ》を生みます。

人の生と死は暴力です。

生まれたくて生まれる人はいない
親や環境《かんきょう》を選んで生まれることもできません。
死にたくなくても、死はすべての人に必ず訪《おとず》れます。

でも、みんな……

生と死の間、人生の生き方は選べます。
幸せと不幸、すべてこの生と死の間にあります。
生きよう、生き抜こう、幸せを求めて。

幸せとは何でしょう。
これがほんとうの幸せなんていうものはあるのでしょうか。
私は、そんなものはないと信じています。
幸せは、想い。
幸せだと想えば幸せに、そうでないと想えば不幸せに。

多くの人は、この、ただ想えばいい幸せを
想うことをしないで、求め続けて
手に入れようとして
かえって不幸せになっている。

生きること
それは人間の、生み落とされた人間の宿命《しゅくめい》です。
人はただ生きていくしかない。
でも、そこには、人生には多くの幸せがあります。
求めれば、だれでもいつでも出会うことのできるもの
それが幸せです。
幸せは、出会うもの。

恋は不思議なものだ。
人の心を焼きつくし
抜け殻《がら》のようにぼろぼろにしてしまうこともあるし
逆に
道を誤《あやま》った子どもの
人生のやり直しのきっかけになることもある。

私は、幼《おさな》いころの思い出から
恋が嫌いだった、こわかった。

でも、恋によって立ち直った男もいる。

恋を見直した
恋もたまにはいいことをする。
たまには、薬物との戦いの邪魔《じやま》をせず助けてくれることもある。

でも
やっぱり、まだ私は恋の力を信じてはいない。
恋は薬物より魔物《まもの》に思える。

私のもとに届く無数の救いを求めるメール、電話
その一つ一つに答えていく日々。

私はいつも自分自身に問うている。

「私にこの子たちを救うことができるのか」

「無理だ」

「それでは私に何ができるのか」

「ただそばにい続けることだけ」

「それは救いを求めた子どもたちへの裏切りではないのか」

「そうなるかもしれない」

「じゃあなぜやめない。そんな偽善《ぎぜん》を……」

「求められているから」

私の髪はほとんど真っ白になった。
歯は、つらい相談を受けるたびに強くかみしめるため
がたがたになった。

でも、そんななかでも、多くの喜びがあった。

夜の世界
偽《いつわ》りの世界です。
いくら光り輝《かがや》いていようと、それはつくられたもの。
夜の世界
人をだまし合う、人と人とがつぶし合う世界。
昼の世界に戻ろう
明るい太陽の光の下に。
幸せは、昼の世界にしかありません。

幸せはつくるもの。

嘘《うそ》です
幸せは待つもの。
ただ、今を生きて待とう
幸せは来ます。

ただ待てばいいんです
ただ生き抜いて待てば。

幸せ、どこにあるのでしょう
だれかが持ってきてくれるのでしょうか。
幸せ、それは君の中にあります
君の中に。

Friday

いいんだよ

Friday

「いいんだよ」と認《みと》めてくれて

「ありがとう」。

今日はたくさんの

「いいんだよ」と「ありがとう」の日。

がんばれ
私が絶対にいわないことば。

がんばれ
傷ついた人に対して一番きついことば。

がんばったから傷ついた
がんばれないから苦しんでいる。

がんばらなくていいんだよ。
がんばらなくていいんだよ。

君の夢は何だい。
先生、明日をつくる手伝いをするのが仕事だよ
いってごらん。

君にはいっぱい未来がある。
でも
そのスタートのためには
何をしなくてはならないのか、わかっているかい。
先生がついてるよ
いいんだよ、それでいいんだよ。
明日を一緒につくろうね。

夢を一緒にかなえようね。

夢は、いたずら好き
必死に追えば追うほど逃げていく。
でも、夢を忘れたふりをして
それでも前に進んでいけば
逃げなければ
自然にやって来る。

まじめな子ほど
何でも完全にやりとげようとして
悩み苦しみ、自分を追いつめていく。

心に傷を持つ子ほど
その傷をうめようと、必死に生きて
さらに傷ついていく。

がんばらなくて、いいんだよ。

生きていてくれさえすれば、いいんだよ。

私は、夜の町で
子どもたちとの出会いを求めて生きてきました。
「子どもたちを救《すく》うため」などと大きなことはいえません。
少なくとも、彼らのそばにいたかったから。

夜の町の子どもたちは、どんなに虚勢《きょせい》を張っていても
ふっと哀《かな》しい目をします。

彼らもほんとうは昼の町で
親に、教員に、みんなに、認められて生きたいのです。
でも、昼の世界は彼らを認めない

彼らを痛めつけ、夜の町へと追いやる。
彼らこそ、もっとも愛に飢《う》えた子どもたちでした。
もっとも私を必要とした生徒たちでした。

夜の町でのたくさんの子どもたちとの出会い
すべてが哀しいものでした。
でも、すべてがすばらしいものでした。

後悔《こうかい》はありません
ただ一つの後悔も。

夜回りは
私に多くの喜びと多くの哀しみをもたらしました。
でも、一度も逃げることなく、引くことなく
子どもたちと夜の町で向き合って生きてきました。

私は引くこと、逃げることができませんでした。
私を信じている多くの子どもたちを
いつも背負《せお》っていましたから。

私は、夜の町に沈《しず》められた子どもたちが愛《いと》おしい。
だから、夜の町に入っていきます

彼らとの出会いを求めて。

彼らは、昼の世界の心ない大人たちによって
夜の闇《やみ》へと沈められた子どもたちです。
その彼らと向き合いともに生きていくためには
絶対に引くこと、逃げることはできませんでした。
引けません、逃げません。

私を信じ、私の生き方を見つめている
多くの子どもたちの夢を裏切ることはできません。

彼らの想《おも》いを一人でも多くの人に伝えることが
私の仕事ですから。

私は、よく子どもたちから
「いいんだよの水谷先生」と呼ばれます。
私が、子どもたちにいうことばで、もっとも多いのが
この「いいんだよ」だそうです。

私は子どもたちに語《かた》り続ける。

俺、窃盗《せっとう》やっちゃった……いいんだよ
俺、あいついじめちゃった……いいんだよ
私、援助交際《えんじょこうさい》やってた……いいんだよ
私、シンナーやってる……いいんだよ

俺、暴走族だった……いいんだよ
私、覚せい剤やった……いいんだよ
私、リストカットしてる……いいんだよ
俺、引きこもりなんだ……いいんだよ
私、学校に行けない……いいんだよ
今までのこと、みんないいんだよ。

でも
私・俺、死にたいんだ……それだけはだめだよ。

まずは、今日からは、水谷と一緒に考えよう。

悩むことはむだなこと。
答えの出ることは、すでに答えが出ているし
答えの出ないことは、いくら悩んでも答えは出ない。

いいんだよ。
いつか私が、子どもたちからいってほしいことば。
でも、私には許《ゆる》されないことば。
いいんだよ。
私が、子どもを傷つけたすべての大人に許さないことば。

いいんだよ。
過去のことはすべていいんだよ。
過去があるから、今君がいる。
いいんだよ。
でも、今日を過去で汚《よご》すこと
それだけは、だめだよ。
今日は明日のために。

Saturday　生きる

Saturday

ただ「川の流れのように」生きる。
肩の力を抜いて楽になってごらん。
それが生きるということ、それだけでいい日。

人は弱い存在です。
自分を考えれば、必ず悩み苦しむ
完全な自分はつくれません。

でも、人は強い存在です。
だれかのために生きれば
人は人のために生きて、強くなります。

君の助けを待っている人、いっぱいいます。

生きる
とっても自然で簡単なことなのに
でも、それに苦しむ人がたくさんいます。

それは、考えるから。
考えることをやめ
ただ流れのままに生きる。

楽ですよ。

日が昇《のぼ》ったから起きて
日が沈《しず》んだから眠る。

食べるものがないから働いて
自由な時間ができたから遊ぶ。

哀《かな》しいから泣き
うれしいから笑う。

そんな生き方いいです。

ただ流れのままに、心と体に正直に
そんな生き方忘れていませんか。

この世に生まれたくて、生まれる人はいません。
生まれようと思って、生まれてくる人はいません。

私たちはこの世に
ただ投げ出されるように生まれてきます。
望《のぞ》まれて生まれてくる人もいるでしょう
望まれず生まれてしまった人もいるでしょう。

運のいい何割かの人は
偶然にも恵《めぐ》まれた環境《かんきょう》の中へ
愛に満ちた家庭の中に生を受けるかもしれません。
そして、一生をたくさんの笑顔と、少しの哀《かな》しみで
生きていくことができるかもしれません。

この世界で
今この瞬間《しゅんかん》に
どれだけ多くの子どもたちの命が失われているだろう。

死にたくない
生きたい
幸せになりたいと叫《さけ》びながら。

生きよう
命燃やそう
生き抜こう。

自分探《さが》しの旅、やめよう。

自分のことをいくら悩んでも
答えの出ることはすでに出ているし
答えの出ていないことには、永遠に答えは出ません。

意識をちょっと外に向けて
人のために生きる喜び、知ってごらん。

人からもらう笑顔
それが明日への生きがいになります。

山は越えられるもの
どんなに高い山も、一歩ずつ登っていけばいつか越せる。
苦しみも乗り越えるもの
どんなにつらい苦しみも、生きてさえいればその向こうに……。
ともかく生きよう
生きてさえいればいいんだよ。

死にたい、死にたい、死にたい、死にたい、死にたい
死にたい、死にたい、死にたい、死にたい
死にたい、死にたい、死にたい
死にたい、死にたい
死にたい

水谷は哀しいです。

死にたいと語《かた》ることは
生きたいと訴《うった》えていること。

ほんとうの死は語る間もなく、語るゆとりもなく落ちていくもの。
死にたいと語る自分の心を知ろう。
死にたいを生きたいに置き換えよう。
素直になろう。

哀しみ
いけないことですか。
私はいつも哀しい
でも、それでいい。

哀しいから、哀しいから
明日を求める。
哀しみは
明日への鍵《かぎ》、明日への力。
私はそう生きています。

「なぜ夜回りをするのですか」とよく問われます。
私は、こう答えます
「子どもたちが心配だから」。

でも、ほんとうは違います。
私が出会いを求めているから
寂《さび》しいから……。

生きていること
ほんとうに善《よ》く生きることを求めているから。

出会うことは、一歩自《みずか》ら外に出ることから始まります。
私が選んだのは夜の町でした。

でも、ずっと私は孤独《こどく》でした。
これはあたりまえです。
出会いは
一人の人間が一人の人間として
一人の人間に向き合って初めて生まれるものだから……。

「夜回り」によって、一番成長したのは
一番救《すく》われたのは
私自身であることを知っています。

夜の町に沈められた多くの子どもたちとの
出会い一つ一つが
私に生きていることのすばらしさ
だれかのために何かできることの喜びを教えてくれました。

しかし
同時に多くの大人たちを敵にまわすことになりました。

私の大切な子どもたちを昼の世界から排除《はいじょ》し
夜の世界に追いやる大人たち。

私の大切な子どもたちを夜の世界で待ち受け
闇《やみ》の世界へと連れ去ろうとする大人たち。

自分自身は何もせず、頭や口だけで
「子どもたちを救いたい」といっている大人たち。

でも、しかたありませんでした。

子どもたちに嘘《うそ》をつかず、生きようとすればするほど
また、子どもたちのそばに立って、生きようとすればするほど
私は大人たちのこの社会から排除されました。

人は毎日生きて、死んでいます。
朝の目覚め、それは誕生。
一日を老《お》いながら生き
夜の眠り、それは死。

死にたい人たち
死なないで
まずは、眠りましょう。
それも一つの死。

なぜ、人は生きなくてはならないのでしょう。
それは、だれかを幸せにできるから。

人は人のために生きるんです
私はそう生きています。

今がどんなにつらい哀しい子どもたちにも伝えたい
いいもんだよ、生きるって。
今がどんなにつらい哀しい子どもたちにも伝えたい
生きていてくれてありがとうって。

明日は来ます。

Sunday 明日

Sunday

明日、必ず来ます、生きてさえいれば。
君には明日があるんだよ。

どんな明日がいいのかな?

自分の明日は、自分だけではつくれません。

人のために
いっぱい優《やさ》しさくばって
そして
人のために
いっぱい生きて。

そうすれば
明日は、自然にやって来ます。

朝の来ない夜はありません
やまない雨もありません
晴れない曇《くも》りも。

今がつらいから
今が哀《かな》しいから
明日が来るんです。

つらいとき、哀しいとき
それを癒《いや》す一番のくすりがあります。

それは、「時」。
時の流れに身を置いて、待とう。
時が必ず癒してくれます。

この世に生まれたときに
苦しもう、哀しもう
泣こう、死のう
人を傷つけよう、殺そう
体を売ろう、薬物を使おう

そう思って生まれてくる子どもはいません。

みんな、幸せになるんだと
明日を夢見て、輝《かがや》いて生まれてくるんです。

この世界には
たしかに、貧《まず》しい子どもと豊かな子どもがいる。
でも、貧しさが人の一生を決めてしまうことはない。

子どものころ
貧しさゆえに校庭を裸足《はだし》で走っていた私の仲間たちは
今みんな、それぞれの幸せの中で生きている。
貧しさは、明日への力になる。

今多くの子どもたちが過去に苦しんでいます。
さまざまな過去の哀しみや苦しみの中で、
もがき、あがいています。

でも、過ぎ去った過去は変えることはできません。

今を、大切な今を
過去で汚《よご》すこと、やめよう。
今を、明日のために
今日を過去で汚すこと、やめよう。

夜の世界が
じつは人が人をだまし合う、食いものにする世界で
そこでのいたわり合いは
お互いをつぶし合うものだということを知りました。

多くの女の子が
自分をぼろぼろにしながら生きていました。

愛は、夜の世界にもありましたが
明日をつくる愛ではなかった。
お互いになぐさめ合いながら

つぶれていく愛でした。
何人もの女の子が苦海《くかい》へと沈《しず》んでいきました。
いい切れないほどの
哀しい出会いを繰《く》り返した日々でした。

ことば、おそろしいものです。
ことばはただ去りゆくもの
ほんとうの想《おも》いは語《かた》れない。

ことば、捨てよう
そして、想いを生きよう。

ことばには救《すく》いはありません、明日もありません。

悩んでいるとき、苦しいとき
ことばで語らないこと。

「苦しい」とことばにすると、もっと苦しくなる。
「死にたい」とことばにすると、死が近づきます。

ことばはおそろしい
語った人に責任をとらせます。
ことばは哀しい。

人と人とはことばでつながってはいけない
ふれあいでつながるものです。

過去は、変えることはできない
過去に苦しんでいる人は考えてほしい。

過去はすべて受け入れ、明日に向かって生きるか
戦かって過去をきちんと清算《せいさん》して、生き直すしかない。

苦しんでいるのは、受け入れることができないから
忘れることができないから。

それなら戦おう
きちんと過去に決着をつけよう。
そして、明日を生き直そう。

人に救いを求めても、人は寂《さび》しさを乗り越えられません。
一時的に救われても、必ずそのあとには失望が。

完全な人間なんて存在しません。

寂しさは、人への優しさや明日への希望で
自分自身で乗り越えるしかありません。

救いは、自分の中にしかありません。

大きな明日を考えることやめよう
人は、今の自分の手にあまることはできません。

可能性を求めること、嘘《うそ》です。
可能性はただ生きていく中で結果として出てくるもの
求めるものではありません。

だから今、明日のためにできること少しずつやっていこう
明日が今になったら少し成長してます。
その積み重ね、そこに明日が、君の可能性があります。

私は、明日という字が大好きです。
明日という字は
日・月・日

愛・別れ・愛
夢・失望・夢
信頼・裏切り・信頼

生き抜こう、最後まで
きちんと生き抜こう。
今がどんなにつらくても。

私は、嘘つきの子どもが大好きだ。
嘘つきの子どもが愛《いと》おしい
子どもの嘘には、哀しみがちりばめられているから
多くの夢が込められているから。

私は、たくさんの嘘をついた。
「僕のお母さんは金持ちなんだぞ。
もうすぐ迎えに来てくれるんだ」
むなしい嘘だった。
つけばつくほど哀しくなる
つけばつくほど孤独《こどく》になる嘘だった。

夢は、追えば追うほど遠く去っていくものだと
幼心《おさな》にきざみ込んでいた。
でも、今は、知っている。
夢はそのためにできる限りのことをしたら
あとは待つものだと。

明日は、自然に来ます。

過去に苦しむことをやめて
今を悩むことをやめて
明日を考えることをやめて……

ただ、眠ればいいんです。

目覚めれば明日
新しい誕生
そこから新しい日々が始まります。

水谷 修　みずたに・おさむ

一九五六年、神奈川県横浜市に生まれる。上智大学文学部哲学科を卒業。一九八三年に横浜市立高校教諭となる。一九九二年から横浜市立の定時制高校に勤務。二〇〇四年九月に高校教諭を辞職。在職中から、中・高校生の非行防止と更生、薬物汚染の拡大防止のために、全国各地の繁華街で「夜回り」と呼ばれる深夜パトロールをおこなっている。一方で、子どもたちからのメールや電話による相談に答え、子どもたちの不登校や心の病《やまい》、いじめや自殺などの問題にかかわっている。さらに、講演活動で全国を駆けまわっている。

主な著書には、『夜回り先生』『夜回り先生と夜眠れない子どもたち』『こどもたちへ　おとなたちへ』『夜回り先生のねがい』（以上、小学館文庫）、『増補版さらば、哀しみのドラッグ』（高文研）、『さよならがいえなくて』『夜回り先生の卒業証書』『夜回り先生　こころの授業』『あした笑顔になあれ』『あおぞらの星』『子育てのツボ』『夜回り先生　いのちの授業』『ありがとう』『夜回り先生　いじめを断つ』（以上、日本評論社）、『夜回り先生の幸福論　明日は、もうそこに』（海竜社）などがある。

いいんだよ

二〇〇八年 四 月一五日　第一版第一刷発行
二〇一七年一〇月三〇日　第一版第四刷発行

著者　水谷 修

発行者　串崎 浩
発行所　株式会社日本評論社
〒一七〇-八四七四　東京都豊島区南大塚三-一二-四
電話　〇三-三九八七-八六二一　Fax　〇三-三九八七-八五九〇
振替〇〇一〇〇-三-一六　https://www.nippyo.co.jp/
印刷所　精興社
製本所　難波製本

ISBN978-4-535-58543-0　Printed in Japan